ARVIRE
ET EVELINA,

TRAGÉDIE-LYRIQUE
EN TROIS ACTES;

REPRÉSENTÉE, POUR LA PREMIÈRE FOIS,
SUR LE THÉATRE
DE L'ACADEMIE-ROYALE
DE MUSIQUE,

Le Mardi 29 Avril 1788.

PRIX XXX SOLS.

A PARIS;

De l'Imprimerie de P. DE LORMEL, Imprimeur de ladite Académie;
rue du Foin Saint-Jacques, à l'Image de Sainte Genevieve.
On trouvera des Exemplaires à la Salle de l'Opéra.

M. DCC. LXXXVIII.
Avec Approbation, & Privilège du Roi.

(3)

Les Paroles de M. GUILLARD.

La Mufique de feu SACCHINI.

AVERTISSEMENT.

Sous l'empire de Claude, les Romains firent de fréquentes invasions dans les Isles de la Grande Bretagne. Ils ne durent qu'à la supériorité de leur tactique les succès qu'ils obtinrent contre une Nation divisée alors en différens petits Etats, mais réunie lorsqu'il s'agissoit de l'intérêt général de la Patrie. Si l'on en croit les Bardes, qui étoient à la fois leurs Poëtes & leurs Historiens, ces Peuples, quoique encore barbares, firent contre les Légions Romaines des prodiges de valeur. Un des Chefs ou Rois qui inquiétèrent le plus long-tems les Généraux de Claude, fut Caractacus, Roi des Silures. Il tint tête pendant plusieurs années aux plus grands Capitaines de l'Empire. Il fut enfin défait par Ostorius, & sa femme emmenée captive à Rome. Il échappa aux recherches du vainqueur qui brûloit de l'emmener captif & de l'enchaîner à son char de victoire, selon l'usage des Triomphateurs Romains. La ruse acheva ce que la force n'avoit pu faire, & Cartismandua, Reine de Brigante, secrétement alliée aux Romains, se servit de ses fils pour tromper cet illustre Défenseur de la cause commune. Elle le fit remettre au pouvoir d'Ostorius qui le conduisit à Rome. On peut voir dans Tacite le discours plein d'énergie que cet Historien lui fait prononcer. Il en imposa à Claude & au Sénat par cette fermeté héroïque, que ses revers n'avoient point affoiblie, & que vingt années de gloire relevoient encore. César le renvoya dans ses Etats, comblé de présens. V. Tacit. ann. lib. 12. §. 33, 34, 35, 36 & 37.

M. William Mason a traité à Londres ce sujet. Il a été

joué en 1776, sur le Théâtre de Covent Garden, sous le titre de Caractacus. Ceux qui liront l'Ouvrage Anglais, seront peut-être surpris des changemens considérables que je me suis permis. La conduite de la Piece, le dénouement, jusqu'aux noms sont ici différens. Séduit par les beautés d'un genre absolument neuf que présente l'Ouvrage de M. Mason, j'ai désiré pouvoir les transporter sur le Théâtre lyrique. Mais j'ai pensé aussi que l'intervention d'un fils de Caractacus, qui, dans l'Ouvrage Anglais, ne vient que pour tenter des efforts inutiles, & mourir blessé sur le Théâtre ne feroit qu'embarrasser l'action qui, du moins je le crois, ne peut jamais être trop simple dans une Piece destinée à être mise en musique. J'ai craint, dans un Ouvrage dénué de divertissemens, de finir par une catastrophe douloureuse, telle que seroit la prise de Caractacus, qui est le héros de la Piece, & sur qui l'intérêt doit naturellement se porter. Le dénouement que j'adopte ne s'écarte point de l'histoire; & je ne fais qu'avancer le triomphe de Caractacus. Quant aux changemens de noms, ce sujet n'étant point national pour tous, & d'ailleurs étant peu connu, j'ai cru que le seul point nécessaire étoit de conserver les mœurs & les différentes passions des Personnages qui agissent dans la Piece. Je craignois aussi que les noms de Caractacus, Elidurus, Cartismandua, Aulus-Didius, &c. ne chagrinassent l'oreille, sur-tout prononcés en musique.

C'est au Public à juger si j'ai rempli mes intentions qui étoient, en lui présentant un Ouvrage d'un genre aussi nouveau, de mériter son indulgence & de le distraire des sujets un peu plus severes que je lui ai présentés jusqu'ici.

Le Poëme ne faisant gueres que moitié de la tâche que nous avons à remplir, le prix que celui-ci a obtenu au

concours me raffure moins que les talens du célebre Compo-
fiteur qui a confacré à cet Ouvrage les derniers élans d'un
génie fécond qui étoit encore dans toute fa force, lorfqu'une
mort auffi funefte qu'imprévue l'a enlevé aux plaifirs du
Public, & a porté le défefpoir dans l'ame de fes Amis.

ACTEURS ET ACTRICES
CHANTANS DANS LES CHŒURS.

CÔTÉ DE LA REINE.		CÔTÉ DU ROI.	
Mesdemoiselles.	*Messieurs.*	*Mesdemoiselles.*	*Messieurs.*
Courneuve.	Péré.	Thaunat.	Larlat.
Manthe.	Martin.	Emil. Gavaudan.	Rey.
Dubuisson.	Legrand.	St. Amant.	Cauchois.
Garrus.	Poussez.	d'Hautrive.	Huby.
Rouxelin.	Touvoys.	Davide.	Peausellier.
Sanctus.	Duplessier.	Tauner.	Tacusset.
Leclerc.	Chapelot.	Breffott.	de Lori.
Delaigle.	Delboy.	Macker.	Fagnan.
Gouémelle.	Cavallier.	Beaumont.	Bouvard.
Amiot.	Jouve.	Frenneville.	Joinville.
Marinville.	Moulin.	Clozet.	Le Roux, l.
Ballassé.	Duchamp.	Méziere, c.	Guitard.
	Débeirk.		Rouen.
			Fleurville.
			Chévrier.

ACTEURS CHANTANS.

ARVIRE, *Roi des Silures*, M. Chéron.

EVÉLINA, *Fille d'ARVIRE*, Mme Chéron.

IRVIN, { *Princes Bretons,* } M. Laînez.
VELLINUS, { *Fils d'ELFRIDA, Reine de Lénox,* } M. Laïs.

MESSALA, *Général Romain*, M. Moreau.

MODRED, *Chef des Druides*, M. Chardiny.

UN BARDE, M. Martin.

UN ROMAIN, M. Châteaufort.

DRUIDES.

BARDES.

SOLDATS ROMAINS.

SOLDATS BRETONS.

La Scene est dans l'Isle de Mona.

GUERRIERS ROMAINS.

MM. Dupin, Deschamps, Richard, Cantagrelle.

GUERRIERS BRETONS.

¡MM. Poinon, l'Huillier, Pladix, Hus.

ARVIRE,
ET
EVELINA.

ACTE PREMIER.

Le Théatre repréſente un clair de Lune, au travers d'un bocage formé par des chênes; on voit la Mer agitée. De chaque côté de la Scène ſont des rochers.

SCENE PREMIERE.

MESSALA, *pluſieurs* SOLDATS *Romains.*

(*Ils avancent doucement, & paroiſſent obſerver avec étonnement & inquiétude, la partie de la Forêt où ils ſe trouvent.*)

PREMIER CHŒUR *à demi voix.*

Avançons, marchons en ſilence;
De ces ſombres Forêts perçons tous les détours.

A

SECOND CHŒUR.

Pénétrons de ces bois la profondeur immense,
L'aftre pâle des nuits nous prête fon fecours.

MESSALA.

Romains, c'eft en ce lieu, fous ces roches arides,
Dont l'impofant abri fert de Temple aux Druides ;
C'eft-là qu'Arvire en paix, bravant encor Céfar,
Médite fa vengeance, & cache fa défaite.
Que de Claude, dans Rome, il vienne orner le char;
    Amis, découvrons fa retraite.
Duffions-nous le chercher, jufqu'au fond des enfers,
    Ne fouffrons pas qu'il échappe à nos fers.

ENSEMBLE.

Duffions-nous le chercher jufqu'au fond des enfers,
    Ne fouffrons pas qu'il échappe à nos fers.

SCENE II.

IRVIN, VELLINUS, LES PRÉCÉDENS.

IRVIN.

AUdacieux Romains, qu'ofez-vous entreprendre?
Qu'Arvire foit ou non renfermé dans ces lieux,

N'espérez pas de l'y surprendre :
Il est en sûreté, sous la garde des Dieux.

MESSALA.

Mona méconnaît-elle & Rome & sa puissance ?
Nos efforts réunis....

IRVIN.

     Vos efforts seront vains ;
Arvire peut ici, tranquille & sans défense,
Braver vos Légions, vous & tous les Romains.

MESSALA.

Si l'on ne peut soumettre Arvire,
Par la ruse du moins on pourra le réduire,
Et pour ce grand dessein, Rome a fait choix de vous.

IRVIN.

Vous proposez un crime, & vous comptez sur nous !

MESSALA.

L'Arrêt est prononcé, c'est à vous d'y souscrire.
Votre mere, en secret, alliée aux Romains,
Pour garants de sa foi, vous remit en mes mains ;
Ou suivez-nous dans Rome, ou livrez-nous Arvire;
Votre sort de vous seuls va dépendre aujourd'hui.
Prononcez.

IRVIN.

Ciel !

VELLINUS.

         J'accepte, & vous réponds de lui :
Mais fi le Roi, Seigneur, prend fur nous quelqu'om-
    brage ?

     MESSALA, lui donnant un anneau.

De votre foi préfentez-lui ce gage.
Dites-lui que la Reine a trouvé des vengeurs ;
Que déja votre mere a lavé fon outrage,
Et ravi fon époufe aux fers de fes vainqueurs.
Vous verrez ce vieillard, avide de vengeance,
Saifir avec tranfport, la plus faible efpérance,
Et brûler de vous fuivre à des périls nouveaux :
    Conduifez-le, Princes, à mes vaiffeaux,
Et méritez le prix que Rome vous propofe.
                   (*Ils fortent.*)

SCENE III.

IRVIN, VELLINUS.

IRVIN.

A ce lâche attentat le Ciel même s'oppose ;
Infortuné Monarque, il soutiendra ta cause.

VELLINUS.

Mon frere, pourriez-vous refuser d'obéir ?

IRVIN.

Mon frere, à ce projet pourriez-vous consentir ?

VELLINUS.

Ah ! de la liberté sentez tout l'avantage.

IRVIN.

Préférons-lui plutôt le plus dur esclavage.

VELLINUS.

Quoi, l'ordre d'une mere, & celui des Romains ?

IRVIN.

La franchise & l'honneur, voilà nos Souverains.

ENSEMBLE.

IRVIN.	VELLINUS.
A ma voix rendez-vous mon frere,	Si la liberté vous eſt chere ;
Que nous importe un vain traité ;	Soumettez-vous à ce traité ;
Le vil intérêt l'a dicté ;	Notre intérêt ſeul l'a dicté ;
Faiſons-en rougir une mere.	Cédons à la loi d'une mere.

VELLINUS.

De Céſar aujourd'hui, nous ſommes les ſujets.

IRVIN.

Nul pouvoir n'a le droit d'ordonner des forfaits ;
Avant que de tremper dans ces complots perfides
J'irois plutôt... j'irois avertir les Druides.

VELLINUS.

Eh bien, ôſe accomplir tes illuſtres projets,
Qu'un vieillard inconnu l'emporte ſur ta mere ;
Oſe à ſes intérêts ſacrifier ton frere :
Cours.

IRVIN.

Ciel ! que me dis-tu ?

VELLINUS.

　　　　　　　　　　　Ce que j'ai dû penſer.

IRVIN.

Et ſi cruellement tu pourrois m'offenſer !

Juge mieux un frere qui t'aime ;
Ah ! je fens trop que dans mon cœur
Ton intérêt balance l'honneur même.
D'un remords éternel épargne nous l'horreur ;
Vois ce vieillard, courbé fous le poids de fa chaîne,
Du Trône & des Autels plaindre les droits trahis ;
Nommer en frémiffant les objets de fa haîne,
Et couvrir nos deux noms de honte & de mépris.

VELLINUS.

Mon choix eft fait, je vais....

IRVIN.

Arrête.
Te montrer en ces lieux, c'eft expofer ta tête.

(*On entend une Symphonie majeftueufe.*)

Mais qu'entens-je ? déja, vers ces lieux folitaires,
Les Druides facrés defcendent à pas lents,
Craignons de troubler leurs myfteres ;
Dérobons-nous, mon frere, à leurs yeux pénétrans.
(*Ils fortent.*)

SCENE IV.

(Les Druides précédés de Modred, descendent de la Montagne au son d'une symphonie majestueuse. Ils sont vêtus de longues robes blanches : ils ont une couronne de feuilles de chênes.)

MODRED.

LA nuit & le silence entourent ce feuillage ;
Le plus léger zéphir n'ose en troubler la paix :
Que ce calme imposant a de puissans attraits !
La Majesté des Dieux réside en ce bocage.

(Aux Bardes.)

Vous, de cette enceinte sacrée,
Observez avec soin tous les détours secrets,
Que nul mortel n'en profane l'entrée.

(Les Bardes s'éloignent.)

CHŒUR.

O Mont sacré ! reçois nos vœux,
Ecoute Mona qui t'implore ;
Elle t'adresse avant l'aurore
L'hommage pur qui plaît aux Dieux !

Tu

Tu fais naître le doux repos ;
Nous trouvons fous ta noble cîme ,
L'oubli confolant & fublime ,
Et des faux biens , & des vrais maux.

O Mont facré ! &c.

MODRED.

Druïdes , ceffons nos prieres.
Le plus grand de nos Souverains ,
Ce zélé protecteur du culte de nos peres ,
Arvire , fi long-tems la terreur des Romains ,
Vaincu par eux , s'eft caché dans cette Ifle.
Ce Monarque à nos foins fe confie aujourd'hui ;
Rendons des fiers Romains la recherche inutile :
Que ce vieillard augufte au moins trouve un azile
Aux pieds de ces Autels dont fon bras fut l'appui.

(*Arvire paroît avec Evélina.*)

C'eft-lui... les noirs chagrins font peints fur fon vifage :
Evélina fa fille accompagne fes pas...
Hélas ! des grandeurs d'ici bas
Voilà donc quel eft le partage !
Dieux ! fur elle & fur lui répandez vos bienfaits.

B

SCENE V.

ARVIRE, EVELINA, LES PRÉCÉDENS.

ARVIRE.

J'AIME la sombre horreur de ce séjour sauvage;
Le calme affreux de ces forêts
Plaît à mon cœur & nourrit mes regrets.

Je vous salue, ô chênes Britanniques !
De la nature heureux enfans,
Vous croissez librement sous ces roches antiques,
Vous élevez aux Cieux vos rameaux bienfaisans,
Sans craindre d'un Préteur les ordres tyranniques...
O Romains ! ô Romains ! ...

MODRED.

Etouffez ces regrets,
Nos soins de votre cœur guériront la blessure,
Des Dieux, dans nos revers, adorons les décrets,
Et soumettons-nous sans murmure.

ARVIRE.

Fut-il jamais un sort plus affreux que le mien ?

Ces Dieux m'ont tout ravi.

MODRED.

Qu'ils foient votre foutien !

ARVIRE.

Mon époufe... ah ! c'eft-là ma plus fenfible injure,
Les Romains à mes yeux ont ofé la ravir,
Et mes lâches foldats n'ont pu la fecourir.

(à Evélina.)

O fille malheureufe & chere ,
Tu portes feule, hélas ! le poids de ma mifere ;
Ma foibleffe & mon âge ont caufé tes malheurs,
Ce bras, ce foible bras n'a pu fauver ta mere.

EVÉLINA.

Les Dieux la rendront à nos pleurs ;
Ils finiront nos maux, ils briferont fes chaînes,
Que cet efpoir hélas ! adouciffe vos peines.

A mes pleurs laiffez-vous fléchir ;
Que le calme de ces retraites
Des pertes que vous avez faites
Efface l'affreux fouvenir !
Des Dieux, dans notre fort contraire,

B ij

Je bénis encor la bonté ;
Ces Dieux ne m'ont pas tout ôté,
Puifqu'ils m'ont confervé mon pere.

ARVIRE.

Douce & modefte Evélina
Tu retraces hélas ! à mon ame attendrie
Les traits de l'époufe chérie
Que le fort cruel m'enleva.

EVELINA.

Hélas !

ARVIRE.

Juftes Dieux que j'implore,
Rendez la force à ces bras languiffans ;
Des efforts des Romains j'ai triomphé vingt ans,
Je puis vaincre & combattre encore.

De ces heureux brigands, Dieux ! vengez l'univers,
Que le monde foit libre, & brife enfin leurs chaînes;
Bornons l'effor de ces aigles romaines,
Dont le vol infolent a franchi les deux mers.

(*On entend un bruit derriere le Théatre.*)

MODRED.

Seigneur, modérez-vous… Ciel ! que viens-je d'entendre ,
Quel profane en ces lieux oferoit nous furprendre ?

SCENE VI.

UN BARDE, LES PRÉCÉDENS.

UN *BARDE.*

O mon pere... à l'inftant vers ces lieux retirés,
Dans ces fombres réduits, à Snowdon confacrés.
Deux mortels ont ofé paroître ;
Je les crois de Lénox, & les mene en ces lieux.

MODRED.

Quel facrilége !   *à Arvire.*
Ah ! Seigneur, ah ! mon maître.
Que cet autel au moins vous dérobe à leurs yeux;
Cet horrible attentat nous cache un noir myftere.

(*Arvire & Evélina fe cachent derriere l'autel.*)
Profanes, approchez.

SCENE VII.

VELLINUS, IRVIN, les Précédens.

VELLINUS.

Mortels, que je révere,
De ces autels facrés auguftes défenfeurs,
Ne nous condamnez pas & daignez nous entendre.

MODRED.

Répondez. En ces lieux qu'ofiez-vous entreprendre ?
Quel eft votre pays ?

VELLINUS.

Lénox.

MODRED.

O Dieux vengeurs !
Vous l'entendez : ce mot feul les condamne.
Quoi, nourris dans nos loix , élevés dans nos mœurs,
Vous ofez jufqu'ici porter un pied profane !
Du Ciel que vous bravez redoutez le courroux.

IRVIN.

Au nom des Dieux, Seigneur, écoutez-nous.

VELLINUS.

Mona fut-elle plus sacrée
Que la voûte des Cieux & leur plaine azurée,
Vous-même excuferiez encor notre attentat.

MODRED.

Quel eft donc le motif que couvre un tel myftere ?

VELLINUS.

Votre falut, le nôtre, & celui de l'état.

IRVIN.

La Reine de Lénox, Elfrida, notre mere,
Seigneur, nous députe vers vous.

VELLINUS.

Arvire eft en ces lieux.

MODRED.

Il y feroit fans crainte.
Sice Monarque habitoit parmi nous,
Croiroit-on le ravir à cette augufte enceinte.

VELLINUS.

Quel horrible deffein nous prêtez-vous, Seigneur ?

Nous venons contre Rome implorer fa valeur;
Lui fournir des fecours & fervir fa vengeance.
Elfrida pour lui feul arme de toutes parts,
　　　Déja nos bataillons épars
De ce Héros, pour vaincre, attendent la préfence;
Qu'il daigne feulement guider nos étendards,
Et du joug des Romains ce moment nous délivre.

SCENE VIII.

ARVIRE, *paroiffant avec précipitation*,
EVELINA, LES PRÉCÉDENS.

ARVIRE.

ME voici, me voici... Princes, je vais vous fuivre.

EVÉLINA.

Ah! mon pere, arrêtez...

MODRED.

　　　　　　　　Seigneur, que faites-vous?

VELLINUS.

Le voilà ce Héros qui combattit pour nous,
De tant de nations le foutien & la gloire,

A

A cet auguste front où brille la victoire,
Je reconnois ce Roi qui nous a vengé tous.

A ses genoux prosternons-nous, mon frere.
Présentons au nom d'une mere
Ce gage sacré de sa foi.

(*Il remet l'anneau.*)

Votre épouse...

A R V I R E.

Que vois-je? ô ciel! ô jour prospere!
Quoi, la Reine!

V E L L I N U S.

Elle est libre.

A R V I R E.

A peine je vous croi,
A qui dois-je, Seigneur, un si grand avantage?
Quel Héros bienfaisant a vengé mon outrage?
A ses indignes fers qui l'a pu ravir?

V E L L I N U S.

Moi.
Le Ciel, Seigneur, a servi mon courage,
J'ai vaincu les Romains.

A R V I R E.

O mon fils! mon cher fils!

C

Dans mon cœur viens prendre la place
Des fils que le fort m'a ravis ;
Tu rends là vigueur & l'audace
A ces bras par l'âge affoiblis.

EVELINA, à part.	*LE GRAND-PRÊTRE*,
O Dieux ! veillez fur mon pere !	à part.
IRVIN, à part.	O Dieux ! éclairez-moi.
O Dieux ! que dois-je faire ?	

EVELINA, à part.	*ARVIRE.*	*VELLINUS*, à part.
J'éprouve un fecret effroi.	Viens, que je marche à votre tête,	Quel triomphe pour moi !
IRVIN, à part.	Que Rome en paliffe d'effroi !	*LE GRAND-PRÊTRE*, à part.
Mon cœur fe trouble malgré moi.	C'eft ton triomphe qui s'apprête,	Dieux puiffans ! veillez fur mon Roi.
	Il va m'acquitter envers toi.	

ACTE SECOND.

*Le Théâtre repréfente une Grotte magique, deftinée
aux myfteres fecrets des Druides.*

SCENE PREMIERE.

MODRED, DRUIDES et BARDES.

MODRED.

DE nos rites divins, fages dépofitaires,
Elevez jufqu'au Ciel vos chants religieux.
Attirez fur moi fes lumieres :
Que l'obfcur avenir fe dévoile à mes yeux.

HYMNE.

Confolante & douce harmonie,
O toi qu'un art divin fit defcendre des Cieux!
Répands fur nos efprits ta puiffante Magie,
De tes charmes touchans viens embellir ces lieux.
Tes accords enchanteurs enflamment le génie ;
Par toi l'humble mortel commerce avec les Dieux.
De nos Dieux fur Modred attire les lumieres.
Montre-lui du deftin les plus fecrets myfteres.

MODRED.

Silence ! … le deftin obéit à ma voix !
Du tems qui fuit le voile obfcur s'entr'ouvre ;
L'incertain avenir à mes yeux fe découvre. …
Il fuit … Il reparoît ! .. Ciel ! qu'eft-ce que je vois..
  Diane fuit épouvantée ;
De fon augufte front l'éclat s'èvanouit. …
  Quel aftre malfaifant la fuit,
Et répand fur Mona fa vapeur infectée. …

  Mais qu'entends-je ? . . quel cris perçans
  Redoublent l'horreur qúi m'obfede…
  Difparoiffez, glaives fanglans ! …
Au froid qui me glaçoit quelle chaleur fuccede !
Ecoutons… vers ces lieux quelqu'un porte fes pas…

SCENE II.

EVÉLINA, *les précedens.*

EVÉLINA.

AH ! Seigneur, pardonnez au trouble qui me
    preſſe,
De ma témérité ne vous offenſez pas.
  Secourez-nous.

MODRED.

Que voulez-vous, Princeſſe ?

EVÉLINA.

Mon pere eſt en danger.

MODRED.

D'où vous vient cet effroi ?

EVÉLINA.

De ces deux étrangers je ſoupçonne la foi.

MODRED.

Dans un cœur auſſi pur le ſoupçon doit ſurprendre :
Qui peut vous l'inſpirer ?

EVÉLINA.

La nature & mon cœur.
Il s'agit de mon pere & de tout mon bonheur ,
Hélas ! je n'ai pu m'y méprendre.
Du plus jeune des deux j'obſervois le maintien ;
Il ſoupiroit, Seigneur, & ne parloit qu'à peine ;
Son geſte, ſes regards, tout annonçoit la gêne,
Son œil triſte & confus n'oſoit fixer le mien....
Je me trompe, ou ſon cœur répugne encore au
crime :
D'un poids ſecret il paroiſſoit chargé.

MODRED.

Eh bien, qu'à l'inſtant même il ſoit interrogé ;
Peut-être ce ſoupçon n'eſt que trop légitime.

EVÉLINA.

Songez que ce ſoupçon n'eſt dû qu'à ſa candeur ;
Que d'un forfait, ſon ame eſt ſans doute incapable ;
Vengez les Dieux, mon pere, & les loix & l'honneur,
Mais n'accablez que le coupable.

MODRED.

Il suffit ; mais tous deux viennent avec le Roi ;
Princesse , éloignez-vous & soyez sans effroi.

(*Evélina sort.*)

SCENE III.

ARVIRE, VELLINUS, IRVIN, MODRED ;
DRUIDES et BARDES.

ARVIRE, aux Princes.

Que mon cœur applaudit à ce noble courage !
La gloire nous appelle & va guider nos pas.
    Ah ! ne tardons pas davantage.
Druides, avez-vous rassemblé vos Soldats ?

MODRED.

Avant de hasarder & l'état & vous-même,
J'ai cru devoir, Seigneur, interroger les Dieux.

ARVIRE.

En vengeant leurs autels j'ai dû compter sur eux.

MODRED.

Nous comptons comme vous sur leur bonté suprême ;
Mais tout ici, Seigneur, m'inspire des soupçons.

VELLINUS.

VELLINUS.

Oseriez-vous douter de la foi d'une Reine,
  Vous ?

MODRED.

  Modérez cette audace hautaine :
Je ne rendrai qu'au Roi compte de mes raisons.
Si vous osez manquer de respect pour mon âge ,
Ayez-en pour les Dieux que nous représentons.

VELLINUS, au Roi.

Au sang dont nous sortons feriez-vous cet outrage ?
Vous, Seigneur ?

ARVIRE.

    Non sans doute ; & malgré ses discours,
Je sens que c'est le Ciel qui m'offre vos secours.

  O ma patrie ! ô fortuné rivage !
  Des Dieux sur toi les regards sont ouverts.
Oppose un noble orgueil à Rome qui t'outrage.
Tes enfans avilis vont rompre enfin leurs fers :
  Montre-toi libre & triomphante !
  De l'Eternel la main puissante
Posa tes fondemens sur l'abîme des mers.

                                        D

MODRED.

Eh bien qu'à cet espoir nos ames s'abandonnent,
Mais de nos Dieux méritons les bienfaits,
Et ne rejettons pas les clartés qu'ils nous donnent.
(*aux Princes.*)
Princes, dans un instant vous serez satisfaits.
    Sous cette roche inaccessible, obscure,
De nos Dieux infernaux est l'autel redouté.
        Ce lieu formidable au parjure
Ne fut souillé jamais avec impunité....

Aux yeux de tous montrez votre innocence ;
    Que l'un de vous y jure en ma présence.

VELLINUS.

Vous osez...

MODRED.

                Il faut obéir.
Si vous êtes ici, Princes, pour nous servir,
Nous vous devons amour, respect, reconnoissance ;
Mais vous êtes perdus, si vous osez trahir :
Il faut que l'un des deux marche sous ma conduite.
(*à Irvin.*)

C'eſt vous que je choiſis,

I R V I N.

Qui, moi, Seigneur?

(à part.)

Grands Dieux !

M O D R E D.

Vous vous troublez ?

V E L L I N U S.

De vos foupçons honteux
Son ame généreuſe & s'indigne & s'irrite.
Ils peuvent étonner, non troubler un grand cœur.
(à Irvin.)

Songez qu'entre vos mains, mon frere,
Eſt notre propre gloire & l'honneur d'une mere.
Il ſuffit, je vous laiſſe.
(à Arvire.)

Eloignons-nous, Seigneur.
(Le ROI ſort avec V ELL I N U S.)

D ij

SCENE IV.

IRVIN, MODRED, les DRUIDES.

IRVIN, (à part, sur l'Avant-Scène.)

QUE fais-je ?.... moi trahir ce vieillard vénérable !
Et sa fille !.... Grands Dieux ! Sa beauté, sa candeur
Redoublent mes remords & l'horreur qui m'accable.
J'aurois tout fait pour elle, & tel est mon malheur
Qu'il faut aider moi-même à lui percer le cœur.

MODRED.

Je vous crois innocent, mais je le crois coupable,
Prince : sur votre sort je me sens attendrir.

IRVIN.

Si d'une lâcheté mon frere étoit capable,
Je pourrois le blâmer, mais non pas le trahir.

MODRED.

Songez qu'un même sort menace les deux freres.

IRVIN.

J'ai tout prévu, Seigneur, commencez vos mysteres.

(*Les Druides inférieurs entourent Modred.*)

MODRED.

Sortez du gouffre des tombeaux,
Venez à nous, Dieux infernaux !

O vous qui puniffez les crimes,
Qui des replis du cœur percez l'obfcurité !
Du fond de vos abîmes
Faites fortir l'Augufte vérité.

(*Le Théâtre s'obfcurcit , le rocher du fond
s'ouvre & préfente un abîme profond dont l'ex-
térieur eft foiblement éclairé.*)

MODRED (*à Irvin.*)

Profite du moment que ma pitié te laiffe :
L'heure fuit, le tems preffe ,
Dévoile ton cœur à nos yeux.

LE CHŒUR.

Jeune imprudent ne tente pas les Dieux,
Crains leurs foudres vengeurs qui grondent fur ta
tête.

IRVIN (*à part.*)

Vous connoiffez mon cœur , grands Dieux , dois-je
trahir?

MODRED.

Que dites-vous ?
IRVIN , *s'avançant du côté de l'abîme.*
Que je cherche à mourir.

SCENE V.

EVÉLINA, *accourant avec précipitation*, LES PRÉCÉDENS.

EVÉLINA.

Non, Druide, arrêtez..., malheureux Prince ; arrête.

IRVIN.

Ciel! que vois-je? ... Ah! Seigneur, ne me retenez plus.

MODRED.

Non: vos efforts font superflus ;
Déja la vérité vous pourfuit & vous preffe.
Si vous n'avez ofé l'avouer devant nous,
Ofez répondre à la Princeffe,
C'eft un Dieu protecteur qui la conduit vers vous.

(*Il fort avec les Druides.*)

SCENE VI.

EVELINA, IRVIN.

IRVIN.

C<small>IEL</small>!

EVÉLINA.

Daignez m'écouter : dans mon humble fortune,
Je ne dois pas , Seigneur , vous infpirer d'effroi.

(*Irvin refte toujours éloigné.*)

D'où vient qu'avec horreur vous fuyez loin de moi ?
C'eft l'effet du malheur : fa préfence importune.

IRVIN.

Que vous pénétrez mal dans le fond de mon cœur !

EVÉLINA.

Je crois du moins y voir de la candeur ;
Cet efpoir m'encourage & foutient ma foibleffe.
Un devoir bien facré, bien cher à ma tendreffe,
Près de vous m'a conduit , Seigneur.

IRVIN, *se rapprochant.*

Ah! parlez.....

EVÉLINA.

S'il eft vrai que la Reine, ma mere,
Ait trouvé chez la vôtre un noble & fûr appui,
Vous l'avez vue...hélas! j'ai tant plaint fa mifere!
Vous pouvez fur fon fort m'éclaircir aujourd'hui.

IRVIN (*à part.*)

Que lui dirai-je? ô dieux,

EVÉLINA.

Vous femblez vous confondre,
Vous détournez les yeux & craignez de répondre.
D'un filence contraint je conçois les raifons,
Et ma crainte en effet étoit trop légitime.

IRVIN,

Quoi?...

EVÉLINA.

Ce n'eft pas fur vous que tombent mes foupçons;
Non, Prince, votre cœur n'eft pas né pour le crime.

IRVIN.

IRVIN.

Hélas!

EVÉLINA.

Avouez-le, Seigneur ;
Vous diſſimulez avec peine ;
D'un crime médité la contrainte & la gêne
Afflige & révolte un grand cœur.

IRVIN.

Princeſſe, au nom des Dieux ! ſouffrez que je vous
quitte.

EVÉLINA.

Non : vous éclaircirez le doute qui m'agite.

IRVIN.

Je vais chercher la mort : elle eſt mon ſeul recours.

EVÉLINA.

Cruel ! vous préférez la mort à mes ſecours !

IRVIN (très-tendrement.)

Hélas ! daignez m'entendre ;

E

Mon cœur est prêt à vous servir.

Hors un crime, pour vous je puis tout entreprendre.

EVÉLINA.

A la vertu je veux vous rendre ;

Quand sa voix cherche à vous fléchir,

Votre cœur aveuglé refuse de l'entendre.

IRVIN.

Ah ! que demandez-vous ?

EVÉLINA.

Soyez notre soutien.

IRVIN.

Vous me percez le cœur.

EVÉLINA.

Vous déchirez le mien.

ENSEMBLE.

IRVIN.	ÉVELINA.
O combat qui me désespère !	O combat qui me désespère !
Fatal ascendant de l'honneur !	O ciel ! daigne éclairer mon cœur.
Faut-il servir l'amour, faut-il servir mon frère ?	Vainement sur le choix son ame délibère ;
Ciel ! daigne m'éclairer, & commande à mon cœur.	Il ne doit obéir qu'à la voix de l'amour.

EVÉLINA.

J'aurai donc vainement tenté de vous fléchir ?

IRVIN.

Évélina !...

EVÉLINA.

Parlez...

IRVIN (*dans le plus grand trouble.*)

Ciel ! qui dois-je trahir ?

EVÉLINA.

Votre frere.

IRVIN.

Mon frere !

EVÉLINA.

Il a cessé de l'être :
Prince, vous ne pouvez l'avouer sans rougir.
D'un tel forfait s'il a pu se noircir,
C'est un crime pour vous d'oser le reconnoître...
Mais non, j'ai lu dans votre cœur,
Vous n'avez point trempé dans ce complot impie :

E ji

Votre frere... le lâche! a-t-il pu sans horreur
De cette trahison approuver l'infamie !
　　　Votre cœur s'attendrit sur nous!
　　　Prince , je vois couler vos larmes ,
　　Rendez un pere à nos vives allarmes ,
　　Sa fille en pleurs embrasse vos genoux.

I R V I N.

Je ne puis résister aux charmes qui m'attire :
Il faut....

E V É L I N A.

Ciel! achevez :

I R V I N.

　　　　　　　Qu'allé-je faire, hélas !
Non, cet horrible aveu ne m'échappera pas.
Gardez-vous d'abuser de mon affreux délire.

　　　(*Dans le plus grand abandon.*)

　　Hélas! vous pouvez tout sur moi :
　　Vous voyez toute ma foiblesse.
　　En proie à l'horreur qui m'oppresse,
Je mets entre vos mains mon honneur & ma foi.
Je sens que tous les deux déchirent trop mon ame:
Entraîné par l'amour , retenu par l'honneur,

Mon cœur, que l'un & l'autre enflamme,
N'a que le choix du crime, ou le choix du malheur.

E V É L I N A.

Va, j'ai pitié de ton foible courage ;
Tu m'étales en vain tes vœux irréfolus.
Le devoir, l'intérêt, l'honneur même t'engage.
Et tu peux balancer?

I R V I N.

       Je ne balance plus.
Le ciel m'infpire un parti néceffaire.
Je défendrai vos loix & vous & votre pere :
Contre Rome aujourd'hui je vous offre mon bras,
    Mais répondez-moi de mon frere,
Coupable ou non, mon cœur ne le trahira pas.

E V É L I N A.

Il fuffit, c'eft le Ciel, Seigneur, qui vous infpire.
    Ah ! dans votre cœur généreux
    Mes regards avoient bien fu lire !
    Ce moment remplit tous mes vœux.
    Oui, vous prendrez notre défenfe,
    Votre bras s'armera pour nous.
Protégez le malheur & vengez l'innocence,
    Ce triomphe eft digne de vous.

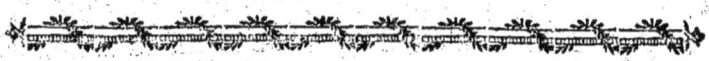

SCENE VII.

ARVIRE, MODRED, IRVIN.

ARVIRE.

O jour affreux ! lâche & vil artifice !
Leur crime eft avéré.

EVÉLINA.

   Rien n'eft perdu, Seigneur,
 Du Ciel l'éternelle juftice.
Parmi vos ennemis vous préfente un vengeur.
 (*montrant Irvin.*)
Le voici !

ARVIRE.

 Lui ? grands Dieux !

EVÉLINA.

    Son généreux courage
Peut de Rome, en ce jour, confondre les deffeins.
Son frere eft fon garand & demeure en ôtage.

ARVIRE.

Son frere! le perfide a rejoint les Romains.

IRVIN.

Mon frere !

EVELINA.

Ciel!

IRVIN.

Ce dernier coup m'accable.
Il m'ofe abandonner dans ce moment d'horreur ! ...
Non, d'un crime auffi bas il étoit incapable,
Les perfides Romains ont dégradé fon cœur.

MODRED.

Il n'importe : Mona demande une victime,
Vous répondrez pour lui.

IRVIN.

Je brave vos fureurs.
Que m'importe la vie après tant de malheurs?
Que n'expiré-je, hélas! avant ce dernier crime!

O jour, ô jour affreux!
Sort fatal qui me défefpere !

Perfide & lâche frere.
Je ne te connois plus & je romps tous nos nœuds:
Hélas! on l'a féduit sans doute,
Son cœur étoit né vertueux.
Pour te haïr au gré de tous mes vœux,
Tu ne fais pas, ingrat, ce qu'il m'en coûte.

SCENE

SCENE VIII.

UN BARDE, *les* PRÉCÉDENS.

LE *BARDE.*

Tout eſt prévu, Seigneur, & nos ſoldats ſont prêts.
Déja juſques dans nos forêts
Les Romains ont oſé deſcendre :
Mais il nous faut un chef.

ARVIRE.

Seul, je dois vous défendre.
L'eſpoir de vous venger rend la force à mon bras ;
Je vais. . . .

MODRED.

Nos loix, Seigneur, ne le permettent pas ;
Dans ces forêts on cherche à vous ſurprendre.
Songez qu'en ces auguſtes lieux
Vous avez pour garans nos ſermens & nos Dieux,
Et nous périrons tous avant que de vous rendre.

EVÉLINA vivement & montrant Irvin.

Nous n'avons donc d'eſpoir que dans ſon ſeul ſecours.
(*au Druide.*)   F

Seigneur, ainfi que moi, vous l'avez cru fincere.
    Le refufer, c'eft expofer mon pere,
Et vous avez ici répondu de fes jours.

IRVIN.

De quel noble tranfport mon ame eft ennivrée !

Il fe jette aux pieds d'Arvire.

Seigneur, vous ne pouvez réfifter à fes vœux.
    N'expofez pas votre tête facrée.
De ces lieux aux Romains, feul je défends l'entrée ;
J'en attefte le Ciel, j'en jure par l'honneur,
Ou je venge l'affront qu'ils ont ofé vous faire,
Ou j'expie, en mourant, le crime de mon frere.

ARVIRE *le releve & l'embraffe.*

C'en eft affez : je cède à cette noble ardeur :
Le crime n'entre point dans une ame auffi belle.

MODRED.

    Ainfi que vous, j'applaudis à fon zele.
Venez, braves foldats, feconder fa valeur.

(Le Théâtre fe remplit de Soldats.)

IRVIN.

Leur afpect me promet une gloire immortelle,

MODRED. Il donne à Irvin un glaive & un casque.

Le falut de l'état en vos mains eft remis,
Songez de quel honneur la victoire eft fuivie.

IRVIN aux Troupes.

Marchons, braves amis,
Nous fervons en ce jour les Dieux & la Patrie.

ARVIRE.

O mes enfans! ô mes amis!
Que ne puis-je avec vous défendre ma patrie!

IRVIN.

Qu'à la valeur, la prudence s'allie
Pour le bien de l'état foyons tous réunis.

EVELINA.

O Dieux de mon pays,
Protégez, fecondez leur généreufe envie!

IRVIN & le CHŒUR.

Marchons braves amis,
Pour le bien de l'état foyons tous réunis.

ARVIRE.

Périffe Rome & fa fourbe exécrable!

F ij

De son joug odieux délivrons ces états :

IRVIN & le CHŒUR.

Que de nos Dieux la puissance équitable
Venge enfin, par nos mains, l'honneur de vingt états.
Marchons, braves amis, &c.

FIN DU SECOND ACTE.

ACTE TROISIEME.

Un autre Site, des Rochers élevés & en saillie
forment le fond du Théatre. Du côté gauche
est un bocage épais, dans lequel on découvre
un autel rustique, de l'autre un souterrain.

SCENE PREMIERE.

ARVIRE, LES DRUIDES.

ARVIRE.

Vous voulez vainement enchaîner ma valeur;
Moi fuir! moi me cacher!

LES *DRUIDES.*

Modérez cette ardeur,
Le péril est extrême.

ARVIRE.

     Il a pour moi des charmes.
Ceffez, par vos confeils, de révolter mon cœur.
  Druides, donnez-moi des armes.

LES DRUIDES.

En vous montrant vous nous perdez, Seigneur,
 N'augmentez point vos trop juftes allarmes.

MODRED.

Voulez-vous qu'à nos yeux les perfides Romains
Ofent donner des fers à vos auguftes mains ?
Rendons, s'ils font vainqueurs, leur victoire inutile.
Ce fouterrain profond n'eft connu que de nous ;
  Souffrez que fon obfcur afyle
Garantiffe en ce jour & la Princeffe & vous.

ARVIRE.

Ma fille ! à quels dangers, ô ciel ! l'as-tu livrée.
Ah ! je fens que mon cœur eft capable d'effroi.
Je ferois moins troublé, la voyant près de moi.

MODRED.

Avec nos chaftes fœurs, dans la grotte facrée,
Elle demande aux Dieux de veiller fur vos jours.

Nos foldats veillent à l'entrée,
Et fauront l'amener par de fecrets détours.
(*Les Druides & le Roi defcendent dans le fouter-*
rain.)

SCENE II.

MESSALA , VELLINUS, *Soldats de Rome &*
de Lénox.

MESSALA.

AVANT de les forcer dans leurs profonds abîmes,
De ces lieux écartés fermons tous les accès.
(*à une partie des Troupes.*)
Vous, de ces hauts rochers enveloppez les cimes;
(*une partie des Troupes fe porte derriere les rochers.*)
(*à l'autre partie.*)
Vous, gardez les détours de ce bocage épais.
(*l'autre partie enveloppe le côté gauche du Théâtre.*)

MESSALA à Vellinus.

De ces monts efcarpés l'abord inacceffible
Préfente à la valeur un obftacle invincible.
Quel fort funefte a détruit nos projets!

VELLINUS.

Je l'avouerai, je tremble pour mon frere.
    Trop foible, hélas! ou trop sincere,
S'il avoit de vos plans dévoilé les secrets?

MESSALA.

Il eut pu vous trahir!

VELLINUS.

            Il se perdroit lui-même:
Les Druides, Seigneur, ne pardonnent jamais.
L'abandonnerons-nous à ce péril extrême?
Ah! plutôt détruisons, embrâsons leurs forêts.

ENSEMBLE.

Portons l'effroi dans ce séjour sauvage,
    Imitons ces Prêtres cruels;
Abandonnons leurs temples au pillage,
    Et qu'ils tremblent pour leurs autels.

SCENE

SCENE III.

UN OFFICIER *Romain*, *suivi de quelques*
SOLDATS, LES PRÉCÉDENS.

L'OFEICIER, *à Meffala.*

SEIGNEUR, fongeons à nous défendre,
Repouffons l'ennemi que nous croyons furprendre.
La terre à chaque inftant s'entr'ouvre fous nos pas,
Et vomit à nos yeux des milliers de Soldats :
Irvin eft à leur tête.

MESSALA.

Irvin !

VELLINUS.

O ciel ! mon frere.

L'OFFICIER, *à Meffala.*

Votre préfence eft néceffaire,
Les Romains étonnés commencent à plier ;
Tout eft perdu, Seigneur.

MESSALA.

Je cours les rallier.

(*à Vellinus.*)

G

Prince, avec vos Soldats d'élite,
Veillez sur ce poste important :
Et vous, braves Romains, marchez sous ma con-
duite.

SCENE IV.

VELLINUS, SOLDATS *de Lenox.*

VELLINUS.

O du sort retour accablant !
Grands Dieux, pour ennemi vous m'offrez donc mon
frere !
Funeste traité d'une mere !
Pour servir les projets de ces Romains altiers
Faut-il d'un sang si cher arroser nos lauriers !

Hélas ! je ne quittois ces repaires funestes,
Qu'effrayé du péril qui menaçoit ses jours ;
Pour l'arracher à ces autels agrestes,
J'avois volé de Rome implorer les secours.
Il nous trahit ! . . . que dis-je ? ah ! d'une perfidie
Est-ce à moi d'accuser son cœur trop généreux.

Il fert un Héros malheureux,
Tandis qu'aux oppreffeurs l'intérêt feul nous lie.

Plufieurs voix, bas & dans l'éloignement.

Avancez, fans effroi, fous ce feuillage épais.

V E L L I N U S.

Du fond de ces antres fecrets
Un bruit lointain s'eft fait entendre.

(aux fiens.)

Amis, obfervez tout: mais fans mon ordre exprès
Gardez-vous de rien entreprendre.

*(Il fe place en embufcade avec fa fuite du côté où
les voix ont été entendues.)*

SCENE V.

EVELINA, BARDES, *qui l'accompagnent.*

EVÉLINA. (*Elle ne paroît que sur le dernier vers & dans le fond du bocage.*)

Dissipez mon mortel effroi,
Hélas! revérai-je mon pere?

LES *BARDES.*

Vous jouirez bientôt d'une vue aussi chere,
Reposez-vous sur notre foi.

EVÉLINA.

Soutenez mon foible courage.

UN *BARDE.*

C'est loin de ces rochers qu'est le champ du carnage.
Ne craignez rien.

EVÉLINA. (*Elle tombe aux pieds de l'autel rustique qui est au fond du bocage.*)

O Dieux de mon pays,
Dieux, protecteurs de la justice,

Etendez sur mon pere une main protectrice,
Et confondez ses ennemis !

(*avec les Bardes.*)

De vos autels sacrés vengez les priviléges.

(*On apperçoit des feux à différentes distances ;*
Evélina se releve effrayée.)

Avez-vous vu ces flammes sacriléges ?
Ah ! courons vers mon pere...

(*Au moment où elle sort du bocage avec les*
Bardes, Vellinus & les siens paroissent : elle
rentre avec précipitation.)

O Dieux ! ô justes Dieux !

(*Les Soldats entourent le bocage.*)

LES *BARDES, derriere le Théatre.*

O sort fatal ! malheureuse Princesse !

SCENE VI.

Le Théatre se remplit de Soldats qui environnent toutes les roches.

MESSALA, VELLINUS.

MESSALA, à Vellinus.

QUE Rome doit de grace à votre heureuse adresse !
Prince, n'exposons pas un bien si précieux,
Veillez sur la Princesse avec un soin extrême :
Tandis que du combat le succès est douteux,
Loin des potrs de Mona conduisez-la vous-même.

(*Vellinus se retire, & Messala donne le signal de l'attaque.*)

(*Suivi des siens, il gravit contre les rochers ;
Irvin paroît sur leur sommet avec ses Troupes, &
fait plier les Romains qui en descendent en désordre.
Le combat est opiniâtre. Messala se porte à tous les
postes. Les Romains reprennent pied, & font reculer
les Troupes d'Irvin, qu'ils poursuivent, jusqu'à ce
que le combat soit absolument hors de la vue des Spec-
tateurs.*)

SCENE VII.

ARVIRE, *sortant du souterrain.*

ARVIRE.

LE cri terrible de la guerre
Pénetre & retentit au centre de la terre.
O malheureux Arvire ! ô déplorable Roi !
Quoi ! je demeure oisif & l'on combat pour moi !...
C'est trop languir dans cette incertitude,
Elle est affreuse pour mon cœur.
Que fait ma fille ?.... Hélas ! de mon inquiétude
Chaque instant redouble l'horreur.

O ma fille ! En vain je l'appelle,
Les échos sont sourds à mes cris,
De tous les biens que vous m'avez ravis,
Grands Dieux ! je ne réclame qu'elle ;
O ma fille ! En vain je l'appelle,
Les échos sont sourds à mes cris.

SCENE VIII.

ARVIRE, MODRED, LES DRUIDES.

(*On entend les premieres mesures d'une marche triomphante.*)

MODRED.

O Mona! ce grand jour va te couvrir de gloire;
Eleve ton front jusqu'aux Cieux.

ARVIRE.

Que dites-vous?

MODRED.

Inspiré par les Dieux,
Je vous annonce la victoire.

SCENE

SCENE DERNIERE.

(Sur la fin de la marche triomphante, Irvin pa-
roît avec les principaux Captifs, à la tête des-
quels eſt Meſſala. Il veut ſe jetter aux pieds
d'Arvire.)

A R V I R E, *l'embraſſant.*

O d'un Roi malheureux noble & digne ſoutien !

I R V I N.

Des Dieux la puiſſance propice
A dirigé mon bras, armé pour la juſtice ;
Seigneur, & j'ai vengé votre affront & le mien.

M E S S A L A.

Jeune homme, ton triomphe eſt de peu de durée,
Et, malgré les tranſports de ton ame ennivrée,
Je puis te rendre encor plus malheureux que moi.

I R V I N.

O Ciel !

M E S S A L A.

Je ſais l'eſpoir & le ſoin qui te preſſe :
Ton frere, plus heureux que toi,
Déja loin de vos ports a conduit la Princeſſe.

H

ARVIRE, *IRVIN*, *les* *DRUIDES*, *les*
    GUERRIERS Bretons.

ENSEMBLE.

ARVIRE.

Ma fille! ah! malheureux! c'eſt moi qui ſuis vaincu!

DRUIDES & GUERRIERS.

O Ciel!

IRVIN.

Evélina! grands Dieux! qu'ai-je entendu!

IRVIN.

O mes amis! que réſoudre? que faire?
Où retrouver la trace de ſes pas?
Lâches Romains, & toi perfide frere,
Eh! quoi le Ciel vengeur ne vous confondra pas!
O mes amis! vous, Seigneur, vous, ſon pere,
Sous les mêmes drapeaux réuniſſons-nous tous,
Suivons les raviſſeurs juſqu'au bout de la terre,
Que le dernier Romain expire ſous nos coups.

ENSEMBLE.

Suivons les raviſſeurs juſqu'au bout de la terre,
Que le dernier Romain expire ſous nos coups.

Marchons....

(On entend & l'on voit de nouvelles Troupes qui arrivent avec précipitation d'un des côtés de la Scene. Vellinus est à la tête.)

IRVIN.

J'entends le signal de la guerre :
Quels nouveaux ennemis osent fondre sur nous ?

(appercevant Vellinus.)

Perfide !

VELLINUS.

Arrête & reconnois ton frere.

(Il jette son épée. Irvin reste étonné ; les Soldats de Vellinus, en s'ouvrant, laissent voir Evélina qui court à son pere.)

MESSALA, IRVIN, EVÉLINA.

ENSEMBLE.

MESSALA.

Grands Dieux !

IRVIN.

Evélina !

EVÉLINA, *dans les bras d'Arvire.*

Mon pere !

H ij

ARVIRE.

Ma fille! ô jour cent fois heureux!
Quel Dieu t'a pu rendre à mes vœux!

VELLINUS.

Le remords, la juftice & l'exemple d'un frere.

D'un complot, peu fait pour mon cœur,
Daignez oublier l'injuftice:
Le Ciel, qui confond l'artifice,
Donne la palme à la valeur.
Oui, quoique Rome en puiffe dire,
J'ofe m'applaudir à fes yeux;
Et mon cœur, en fervant Arvire,
S'eft rangé du parti des Dieux.

(*Irvin embraffe Vellinus avec tranfport.*)

MODRED, aux Romains captifs.

Rougiffez d'une audace vaine,
Fiers Romains! vos projets font enfin confondus.
Dans nos antres profonds, Soldats, qu'on les en-
    chaîne.

ARVIRE.

Le vengeance à nos cœurs, Seigneur, ne convient
    plus.

Libres, à leurs vaiffeaux je veux qu'on les ramene ;
Et que de nous Céfar apprenne
Le refpect qu'on doit aux vaincus.

MESSALA.

Ah ! c'en eft trop, & la grandeur Romaine
Ne fera pas vaincue en générofité.
J'ofe, au nom de Céfar, vous promettre la Reine,
Elle fera bientôt remife en liberté.
Seigneur, que ce grand jour comblant mon efpé-
rance,
De vous & des Romains cimente l'alliance.

ARVIRE.

Oui, que les Dieux foient garans de ma foi.

(à *Irvin.*)

Prince, dont le jeune courage,
Avec tant de nobleffe a combattu pour moi,
Comment m'acquitter envers toi ?

IRVIN, *montrant Evélina.*

Si j'eus quelques vertus, Seigneur, je les lui doi ;
Ce grand fuccès eft fon ouvrage.

ARVIRE.

De ma reconnoiffance, ah ! qu'elle foit le gage !

Ce jour va remplir mon espoir.
Peut-être je la vois avec trop d'avantage,
Mais je crois que César, malgré tout son pouvoir,
N'eût pu jamais te donner davantage.

FIN.

APPROBATION.

J'AI lu, par ordre de Monseigneur le Garde-des-Sceaux, *ARVIRE ET EVELINA*, *Opéra* ; & je n'y ai rien trouvé qui m'ait paru devoir en empêcher la représentation ni l'impression.

À Paris, ce 25 Avril 1788. BRET.

DÉMOPHOON,

TRAGÉDIE-LYRIQUE

EN TROIS ACTES,

REPRÉSENTÉE

POUR LA PREMIERE FOIS,

PAR L'ACADÉMIE-ROYALE

DE MUSIQUE,

Le Mardi 2 Décembre 1788.

PRIX XXX SOLS.

A PARIS,

De l'Imprimerie de P. DE LORMEL, Imprimeur de ladite Académie, rue du Foin Saint-Jacques, à l'Image Sainte Genevieve.

On trouvera des Exemplaires à la Salle de l'Opéra.

M. DCC. LXXXVIII.

AVEC APPROBATION ET PRIVILEGE DU ROI.

(4)

1089

Les Paroles font de M. MARMONTEL.

La Mufique eft de M. CHERUBINI.

ACTEURS ET ACTRICES
CHANTANS DANS LES CHŒURS.

CÔTÉ DE LA REINE.		CÔTÉ DU ROI.	
Mefdemoifelles.	*Meffieurs.*	*Mefdemoifelles.*	*Meffieurs.*
Courneuve.	Péré.	Thaunat.	Larlat.
Manthe.	Martin.	Emil. Gavaudan.	Rey.
Dubuiffon.	Legrand.	St. Amant.	Cauchois.
Garrus.	Pouffez.	d'Hautrive.	Huby.
Rouxelin.	Touvoys.	Davide.	Peaufellier.
Sanctus.	Dupleffier.	Tauner.	Tacuffet.
Leclerc.	Chapelot.	Breffott.	de Lori.
Delaigle.	Delboy.	Macker.	Fagnan.
Gouémelle.	Cavallier.	Beaumont.	Bouvard.
Amiot.	Jouve.	Frenneville.	Joinville.
Marinville.	Moulin.	Clozet.	Le Roux, l.
Ballaffé.	Duchamp.	Méziere, c.	Guitard.
	Débeirk.		Rouen.
			Fleurville.
			Chévrier.

ACTEURS.

DÉMOPHOON, *Roi de Thrace,*   M. Cheron.

OSMIDE, *Fils de* DÉMOPHOON, M. Laîné.

NÉADE, *second Fils de* DÉMOPHOON,   M. Rousseau.

IRCILE, *Princesse de Phrygie,* Mme. Chéron.

ASTOR, *Guerrier de l'Armée & de la Cour de* DÉMOPHOON, M Laïs.

DIRCÉ, *Fille d'*ASTOR, *Femme d'*OSMIDE,   Mme. St Huberti.

ADRASTE, *Capitaine des Gardes de* DÉMOPHOON, M. Martin.

LYGDAME, *Grand - Prêtre d'Apollon,*   M. Moreau.

UN OFFICIER *du Palais,* M. Châteaufort.

L'ORACLE,   M. Châteaufort.

UNE PRÊTRESSE,   Mlle. Gavaudan l.

UN ENFANT,   Mlle. Desforges.

PRÊTRES, PRÊTRESSES.

JEUNES FILLES.

PEUPLES *de Thrace.*

GUERRIERS.

L'Action se passe à PÉRINTHE, *Ville de Thrace, sur le Bosphore.*

PERSONNAGES DANSANTS.

ACTE PREMIER.

PEUPLES DE THRACES.

M. VESTRIS, Mme PÉRIGNON.

M. HUARD, Mlle DELIGNY.

M^rs. Simonet, Milon, le Bel, Dupin, Jacotot, Rivet.

Mlles. Grenier, Prudhomme, Langlois, Bourgouin, Vanloo, Gabrielle, l.

PHRYGIENS & PHRYGIENNES.

M. GARDEL, Mlle SAULNIER.

Mrs Augufte, le Breton, Coindé, l'Huillier, Defchamps, Cantagrelle.

Mlles Simon, Courtois, Camille, Efther, Barbier, Droma.

JEUNES FILLES DE THRACE vêtues en blanc, & couronnées de fleurs comme des victimes.

Mlles Denife, Nanine, Jacotot, Beaujou, Dorival, Gabrielle, c. Laborie, Chenneval.

ACTE TROISIEME.

GUERRIERS THRACES.

M. FAVRE.

M.rs Le Breton, Augufte, Coindé, l'Huillier, Defchamps, Cantagrelle, Jacotot, Rivet.

PHRYGIENNES.

M.lle ROSE.

M.lles. Simon, Dorival, Camille, Efther, Barbier, Gabrielle, l., Vanloo, Droma.

PEUPLES THRACES, *presque Sauvages.*

M. GARDEL. M.me PERIGNON.

M. VESTRIS. M.lle ELISBERG.

M.rs. Simonet, Milon, le Bel, Dupin.

M.lles. Grenier, Prud'homme, Langlois, Bourgouin.

JEUNES FILLES THRACES.

M.lles Denife, Lacofte, Jacotot, Nanine.

LEURS AMANTS.

M.rs. Cafter, Guillet, c., Blanche, Béguin.

DÉMOPHOON,

TRAGÉDIE-LYRIQUE.

ACTE PREMIER.

Le Théâtre repréſente l'un des Portiques du Temple d'Apollon, à PÉRINTHE.

SCENE PREMIERE.

PEUPLE *de la* Thrace.

CHŒUR.

PERE d'Orphée ! ô toi, que nos meres coupables
Ont trop juſtement irrité ;
Leurs enfans ont-ils mérité
Les rigueurs dont tu les accables ?

A

DEMOPHOON,

CHŒUR de Femmes.

Hélas! dans ce jour folemnel,
Faut-il que, tous les ans, une Vierge innocente,
Du fort qui la choifit, victime obéiffante,
S'arrache du fein maternel!

GRAND CHŒUR.

Frémirons-nous toujours à ta voix menaçante?
Ton courroux comme toi fera-t-il immortel?

SCÈNE II.

(Le fond du portique s'ouvre ; LYGDAME, Grand-Prêtre, & sa suite s'avancent.)

LE PEUPLE & LES PRÊTRES.

(Prélude de l'oracle.)

LYGDAME.

UN murmure profond annonce la présence
De ce Dieu que vous implorez.
Il va parler, faites silence,
Faites silence, & l'adorez.

L'ORACLE.

« Lorsqu'on verra céder la force à la foiblesse ;
» Lorsque du fier lion l'orgueil sera dompté ;
» Qu'on verra le torrent dans sa course arrêté ;
» Thraces, le Dieu consent que votre malheur cesse ».

CHŒUR.

Ah! n'est-ce pas nous annoncer
Que le Dieu poursuit sa vengeance ?
Dieu terrible ! à ton indulgence
Faut-il à jamais renoncer ?

(Le peuple se retire consterné.)

A ij

SCENE III.

ASTOR, DIRCÉ, LYGDAME.

ASTOR.

Lygdame, il eſt temps que ma fille,
Unique & doux eſpoir d'une illuſtre famille,
A la commune loi ceſſe enfin d'obéir.
D'une faveur qu'à l'innocence
Obtient l'éclat de la naiſſance,
Mon ſang a le droit de jouir.

LYGDAME.

Là loi des autels eſt égale,
Aſtor: un peuple entier la ſubit tous les ans.

ASTOR.

Et le Roi? Dans l'urne fatale
Laiſſe-t-il agiter les noms de ſes enfans?
Ses filles ſont loin de la Thrace;
Il leur a ſauvé la diſgrace
Dont nous frémiſſons aujourd'hui.
Pourquoi donc envers moi ſeriez-vous plus ſévere?

LYGDAME.

Aftor, il eft Roi.

ASTOR.

Je fuis pere,
Et pere auffi tendre que lui.

AIR.

Au moment où l'urne terrible
Reçoit les noms foumis au fort ;
Dans ce moment pour nous horrible ;
Où va fortir l'arrêt de mort ;
Je veux comme nous qu'il pâliffe ;
Je veux qu'il frémiffe à fon tour ,
Et qu'il éprouve le fupplice
De la nature & de l'amour.

Quoi ! tandis qu'un peuple en alarme,
Sous un Dieu que rien ne défarme,
Attend le plus grand des malheurs ;
Lui feul , témoin de tant de pleurs ,
Lui feul, fans répandre une larme,
Il contempleroit nos douleurs !
Je veux comme nous, &c.

Je vais le voir. S'il m'eft contraire,

Ma fille, & fi du fort nous fubiffons la loi,
    Tout ce qui prétend s'y fouftraire
    Y fera foumis comme toi.
    Malgré l'éclat du diadême,
Egaux devant les Dieux, la nature eft la même
Dans le cœur d'un fujet & dans l'ame d'un Roi.

SCENE IV.

DIRCÉ, feule.

AH ! peut-être à mes yeux luit ma derniere aurore.
Et le Prince, & l'amant, & l'époux que j'adore,
Mon appui, ma défenfe, Ofmide eft loin de moi !
Si d'un hymen fecret je trahis le myftere,
J'expofe mon époux, je lui fais encourir
    Le reffentiment de fon pere ;
    Et moi-même, une loi févere,
Pour cet hymen fatal, me condamne à mourir.
    Que dis-je ? ô déplorable mere !
Et mon fils, quel danger ne va-t-il pas courir ?

A I R.

Ah ! quand je vivois pour moi-même,
Je ne craignois pas tant pour moi.

Mais à quitter tout ce qu'on aime
Peut-on s'expofer fans effroi ?
La vie à mon cœur eft trop chere ;
J'ai trop de liens à brifer :
O mort ! je fuis époufe & mere ;
Mon cœur ne peut te méprifer.
Allons le voir, ce fils qui me rend fi timide.

SCENE V.

(*La fymphonie annonce Ofmide.*)

DIRCÉ, OSMIDE.

DIRCÉ.

QUE vois-je ? Eft-ce toi, cher Ofmide ?

OSMIDE.

Le ciel m'envoie à ton fecours.

DIRCÉ.

Hélas ! trop alarmé du danger que je cours,
A ton devoir, pour moi, n'es-tu pas infidele ?

OSMIDE.

De l'armée à la Cour c'eft le Roi qui m'appelle.

J'ignore quel eſt ſon deſſein ;
Mais il m'a reçu dans ſon ſein
D'un air ſatisfait de mon zele.
Libre enfin, ſur tes pas l'amour m'a fait voler.
Le voilà donc ce temple où le ſang doit couler ?

DIRCÉ.

Oui, cher Prince, & tu ſais que dans l'urne fatale
Mon nom...

OSMIDE.

Ce nom, Dircé, n'y ſera plus admis.
Garans de la foi nuptiale,
Les Dieux n'en ſont point ennemis.
C'eſt un ſang précieux que celui d'une mere :
Le ciel même l'épargne, & veut qu'on le révere.
Ne crains rien.

DIRCÉ.

Je crains tout.

OSMIDE.

Le Scythe enfin ſoumis,
Et le Phaſe captif ſous les loix de mon pere,
Feront pardonner, je l'eſpere,
Ce qu'au moins le ciel a permis.

DIRCÉ.

Tu veux, malgré la loi, me déclarer ta femme !

OSMIDE.

OSMIDE.

Il en eſt tems. Mon pere enfin va tout ſavoir.
La nature & l'amour ont des droits ſur ſon ame.
Et qui ſait mieux que nous quel en eſt le pouvoir?
Mes travaux, mes combats, ma nouvelle victoire,
    Tout ce que j'ai fait pour ſa gloire
    Se réunit pour l'émouvoir.
Et ſi ce n'eſt aſſez du bonheur de mes armes,
Il le verra ce fils, ce pere, cet époux,
Ce vainqueur ſuppliant embraſſer ſes genoux,
    Et les arroſer de ſes larmes.

DIRCÉ.

Ah! d'un heureux eſpoir je goûte enfin les charmes.

OSMIDE.

Mene-moi vers l'aſyle où s'éleve mon fils,
    Et que dans mes bras je le preſſe.

DIRCÉ.

Non, non, differe; attends que notre danger ceſſe;
Et penſe que nos jours ſont encor pourſuivis.
Foible enfant, cher objet de crainte & de tendreſſe,
    Qu'il me fera doux, ſi je vis,
De voir que dans mes bras ton pere te careſſe!

B

O S M I D E.

Dis-moi, du moins, dis-moi, fi l'on voit dans fes
     traits
Ta bonté, ta candeur, ce fouris plein d'attraits:
   Eft-ce à ma Dircé qu'il reffemble?

D I R C É.

Tout ce que j'aime en toi, mon enfant le raffemble.
Ton ame eft dans fes yeux, ton air tendre eft le fien:
C'eft ta vivante image; & fouvent il me femble
Que fon regard me dit ce qu'exprime le tien.

O S M I D E.

D u o.

Va le revoir, ce tendre gage
De mon amour & de ma foi.
Il n'eft ni puiffance, ni loi,
Qui d'un nœud fi faint me dégage;
Et j'en attefte ici le gage
De mon amour & de ma foi.

D I R C É.

Ah! tu m'infpires ton courage;
Et je me fens digne de toi.
Tout mon effroi, quand je te voi,
S'évanouit comme un nuage.
Oui, tu m'infpires ton courage,
Et je me fens digne de toi.

OSMIDE.

Va le revoir, ce tendre gage
De mon amour & de ma foi.

Enſemb.

DIRCÉ.

Je vais le voir, ce tendre gage
De ton amour & de ma foi.

OSMIDE.

Quelque danger qui vous menace,
Senſible mere, aimable enfant,
Quelque danger qui vous menace,
C'eſt mon amour qui vous défend.

DIRCÉ.

Quelque danger qui nous menace,
C'eſt un héros qui nous défend.
Qui ne voudroit être à la place
Et de la mere & de l'enfant !

OSMIDE.

Senſible mere, aimable enfant,
Quelque danger qui vous menace,
C'eſt mon amour qui vous défend,

DIRCÉ.

Heureuſe mere ! heureux enfant !

B ij

Quelque danger qui nous menace,
C'eſt un héros qui nous défend.

SCENE VI.

OSMIDE, ſeul.

O Dieux, dont la main libérale,
Avec tant de vertus réunit tant d'appas,
Qui ſera mon égale,
Si Dircé ne l'eſt pas?

Mais j'entends le bruit des trompettes;
Eſt-ce quelque ennemi qui deſcend ſur ce bord?

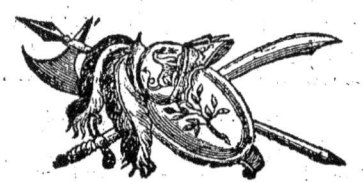

SCENE VII.

ADRASTE, OSMIDE.

ADRASTE.

PRINCE, on voit des vaiffeaux s'avancer vers le port;
Et le Roi demande où vous ètes.

OSMIDE.

Allons. (*à part.*) Voici l'inftant de décider mon fort.

(*Le Théatre change & repréfente deux aîles du Palais de Démophoon, unies par une baluftrade qui domine la mer.*)

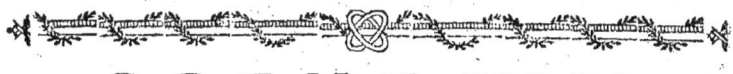

SCENE VIII.

DEMOPHOON, ASTOR, *fuite de* DEMOPHOON, PEUPLE *de Thrace*.

DÉMOPHOON à ASTOR, *vivement*.

C'EST trop long-tems fouffrir un orgueil qui m'offenfe.
Allez, audacieux,

Je vous fais la défense
D'ofer reparoître à mes yeux.

ASTOR.

D'un fang verfé pour vos ayeux,
D'un fang verfé pour vous, eft-ce la récompenfe ?

DÉMOPHOON.

Vous me le rendez odieux.

ASTOR, en fortant.

Seigneur, vous me verrez au temple.

DÉMOPHOON.

Il me menace!
Va, fujet infolent, qui t'égales à moi,
Je faurai punir ton audace.

SCENE IX.

DÉMOPHOON, SA COUR ET LE PEUPLE.

DÉMOPHOON.

ET vous, Peuple fidele, écoutez votre Roi.

Enfin, fous un meilleur aufpice,
J'efpere à vos enfans rendre le ciel propice.
Jufqu'au pié des autels je leur dois mon appui.
Ceffez pour eux de craindre un fanglant facrifice.
Peuple, l'urne fatale eft fermée aujourd'hui;
Et le Dieu permettra que ce foit ma juftice,
  Non l'aveugle fort, qui choififfe
 Une offrande digne de lui.

CHŒUR.

FEMMES.

Ah! vous rendez la vie à des meres tremblantes.

VIEILLARDS.

Ah! vous ranimez nos vieux ans.

JEUNES HOMMES.

Ah! vous nous rendez nos amantes.

PERES ET MERES.

Ah! vous nous rendez nos enfans.

TOUS.

Di! répandez fur fes jours bienfaifans
Vos faveurs les plus éclatantes!

SCENE X.

LES FILLES DE THRACE ET LES PRÉCÉDENS.
UN CORIPHÉE.

VENEZ, tendres filles, venez.
Embraffez fans effroi vos parens fortunés.

CHŒUR DE FILLES.
Sous le couteau mortel nous fommes frémiffantes.

GRAND CHŒUR.
Tous nos malheurs font terminés.

SCENE

SCENE XI.

OSMIDE & les PRÉCÉDENS.

DÉMOPHOON.

PRINCE, enfin les plaifirs vont régner dans ma Cour.
  Vous vous occupez de ma gloire,
Et de votre bonheur je m'occupe à mon tour.
  Il eſt tems, après la victoire,
De goûter le repos dans les bras de l'amour.

A I R.

 Voir après moi, fur le Bofphore,
 Mon nom, mes loix fleurir encore ;
 Eſt-il un bonheur plus touchant ?
 De tout l'éclat de votre aurore
 Je vais jouir à mon couchant.

O S M I D E.

Dans le tranfport dont mon ame eſt faifie,
 Seigneur, je tombe à vos genoux.

C

DÉMOPHOON, le relevant.

Le sang dont tant de fois cette mer fut rougie,
Cesse enfin de couler ; & des nœuds les plus doux,
La fille du Roi de Phrygie
Vient unir nos états en s'unissant à vous.

OSMIDE.

Mon pere !... & de nos cœurs pensez-vous qu'il dé-
pende ?

DÉMOPHOON (vivement.)

Au pouvoir paternel venez-vous insulter ?
La raison d'état nous commande :
C'est elle, & non vos cœurs, que j'ai dû consulter.

OSMIDE.

Suis-je esclave ?

DÉMOPHOON.

Oui, mon fils, vous & moi nous le sommes,
Plus que tout le reste des hommes,
Du rang où le ciel nous a mis.
A vos destins soyez soumis ;
Et ne prétendez plus que je sois infidele
A des engagemens si saints, si solemnels.
J'en pourrois soupçonner qui seroient criminels.
Votre épouse s'avance ; allons au-devant d'elle.

(*Le Roi marche vers le fond du Théatre.*)

OSMIDE.

Ah ! quelle épreuve à foutenir !
Malheureufe Dircé, qu'allons-nous devenir?

(*Au bruit d'une fymphonie éclatante le vaiffeau
aborde ; Ircile & Néade en defcendent.*)

SCENE XII.

IRCILE, NÉADE, *leur Suite, & les Précédens.*

DÉMOPHOON.

POUR unir la Thrace & l'Afie,
Pour les faire jouir d'un repos fortuné,
C'eft vous, fille des Rois, que le ciel a choifie;
Et vous voyez l'époux qui vous eft deftiné.
(*au Peuple.*)
    Que tout s'empreffe à rendre hommage
A l'augufte moitié que je donne à mon fils.
    Dans leur hymen je me furvis ;
Et du fardeau des ans leur bonheur me foulage.

CHŒUR.

Loin de ces bords la guerre & fes alarme s:
C'eft de la paix le féjour enchanté.
 Par tant d'attraits , par tant de charmes,
 Mars , comme nous , feroit dompté.
 Amour, c'eft toi qui nous défarmes ,
 Et par les mains de la beauté.

L'Acte fe termine par une Fête.

ACTE SECOND.

Le Théâtre change, & représente le port de
PÉRINTHE.

SCENE PREMIERE.

IRCILE, NÉADE.

IRCILE.

NÉADE, quel accueil! quel silence farouche!
Le Roi sombre, agité, votre frere interdit!
Ses regards, les soupirs échappés de sa bouche!
Quel est donc le malheur que ce jour me prédit?

NÉADE.

J'ignore, hélas, ce qui se passe.

I R C I L E.

Viendrois-je effuyer un refus?

N É A D E.

Vous , grands dieux!

I R C I L E.

Tout ici m'intimide & me glace.
Vous-même inquiet & confus ,
D'où vous vient avec moi cette langueur étrange?
A la cour de mon pere un aimable enjoûment ,
Dans nos doux entretiens, éclatoit fans mêlange.
Ah! combien la Thrace vous change!
Non, vous effayez vainement
D'écarter les ennuis où votre ame fe plonge ;
Elle y retombe à tout moment.

N É A D E.

Il eft vrai. Mon bonheur a paffé comme un fonge.

I R C I L E.

Vous femblez , fur ees bords, ne me voir qu'à regret.
Votre amitié pour moi n'étoit donc qu'un menfonge?

N É A D E.

(*bas.*)
O trompeufe amitié ! (*haut.*) Laiffez-moi mon fecret.

IRCILE.

Des fecrets! vous, pour moi!

NÉADE (bas.)

Dans ce péril extrême,
O mon pere, eft-ce moi qu'il falloit engager?

IRCILE.

Laiffez-moi livrée à moi-même,
Ou dites-moi, cruel, qui vous a fait changer.

NÉADE.

Eh bien, vous m'y forcez; il faut que je vous cede.
Mais encore une fois que voulez-vous favoir?

IRCILE.

Je veux favoir d'où naît l'ennui qui vous obfede.

NÉADE.

De mon malheur, de mon devoir,
De l'horrible tourment de voir
Qu'un autre que moi vous poffede,

IRCILE.

Dieux!

NÉADE.

D'un amour au défefpoir.

I R C I L E.

(*bas.*) Ah, malheureufe! (*haut.*) ah, téméraire!
Au moment où l'hymen va m'unir à ton frere!...
Je veux partir, je veux m'éloigner de ce bord.

N É A D E.

Au lieu de m'accabler, fi l'on daignoit m'entendre,
On le plaindroit ce cœur trop fincere & trop tendre,
Et l'on gémiroit fur mon fort.

I R C I L E.

Que dirois-tu pour ta défenfe,
Qui ne redoublât mon offenfe?

N É A D E (*vivement.*)

Je dirois que mon pere auroit dû mieux choifir
Et fon miniftre & votre guide;
Qu'auprès de vous, ce cœur timide
D'un funefte poifon s'enivroit à loifir;
Que pour moi l'amitié fut un charme perfide;
Qu'elle devoit moins me flater;
Et qu'enfin, comme un feu rapide,
J'ai fenti, fur ces bords, mon amour éclater.

A I R.

Faut-il enfin que je déclare
La douce erreur qui m'a féduit;

Et

Et comme un fol efpoir égare
Le crédule amour qui le fuit?
Il me fembloit, dans le filence,
Que nos deux ames s'entendoient ;
Que nos foupirs, d'intelligence,
Sans notre aveu fe répondoient.
Dans vos regards je croyois lire ;
J'y croyois voir une langueur,
Une langueur qui fembloit dire:
Je plains les peïnes de ton cœur.

I R C I L E.

D u o.

Eloignez-vous, je vous pardonne;
Mais on me condamne à régner.
Je fuis réduite à dédaigner
Tout ce qui n'eft pas la couronne.
Eloignez-vous, &c.

N É A D E (*avec amertume.*)

Ircile auroit pu s'épargner
L'ordre cruel qu'elle me donne.
Je ferai plus que m'éloigner;
Je vais mourir.

I R C I L E.

Cruel ! arrête.

D

Eſt-ce donc peu, pour m'accabler,
Du joug affreux que l'on m'apprête,
Pour toi faut-il encor trembler ?

NÉADE.

Que vois-je, ô ciel ! eſt-il poſſible ?
Pour moi vos pleurs daignent couler !

IRCILE.

Eſt-ce avec une ame ſenſible
Qu'on peut ſavoir diſſimuler ?

ENSEMBLE.

O ſort ! ô devoir inflexible !
Pour nous quelles ſont vos rigueurs,
De mettre un obſtacle invincible
Au plus doux penchant de nos cœurs ?

SCENE II.

OSMIDE, IRCILE, NÉADE.

OSMIDE, *vivement.*

PRINCESSE, un malheureux vous demande la vie.

IRCILE.

A moi !

OSMIDE.

Ce n'eſt qu'à vous que je puis recourir.
Sans vous , je n'ai plus qu'à mourir :
Toute eſpérance m'eſt ravie.
Néade eſt généreux , il eſt ſage & diſcret :
Il ne trahira pas ſon ami dans ſon frere ;
Et je puis dans ſon ſein dépoſer mon ſecret.
On vous deſtine à moi ; je ſuis époux & pere.

IRCILE.

Qu'entends-je , ô ciel !

OSMIDE.

Sans vous, hélas !
Aux rigueurs de la loi rien ne peut nous ſouſtraire.
Mon enfant eſt proſcrit , ſon innocente mere
Se voit condamnée au trépas ;

D ij

Et moi, pour eux que puis-je faire ?
Ah ! dans mon défefpoir ne m'abandonnez pas.
Je vous le dis encor, je fuis époux & pere ;
Et la mere & le fils, je mets tout dans vos bras.

IRCILE.

Et moi, pour les fauver que faut-il que je faffe ?

OSMIDE.

Vous offenfer de ma froideur,
Déclarer que pour moi votre cœur eft de glace,
Rendre heureux mon frere à ma place,
Et du trône avec lui partager la fplendeur.

IRCILE.

Quoi ! vous cédez un diadême !

OSMIDE.

Que ne cede-t-on pas pour fauver ce qu'on aime ?

NÉADE.

Vous, Prince, à qui la gloire infpiroit tant d'ardeur ?...

OSMIDE.

Et ne voyez-vous pas qu'elle n'eft qu'un fantôme ?
La Nature & l'Amour, les feuls dieux de mon cœur,
Ont fait plus d'heureux fous le chaume,
Que n'en fera jamais la fuprême grandeur.

A I R.

Au plaifir de voir tant de charmes
Mon frere a dû s'accoutumer.
Ah! dans un cœur fait pour aimer,
Dans un cœur libre & fans alarmes,
Quels feux vous devez allumer !
Oui, dans l'inftant où je lui donne
Mon héritage à recueillir,
Il penfe moins à la couronne
Qu'à celle qui doit l'embellir.
Allez tous deux, allez conjurer la tempête
Qui gronde aujourd'hui fur ma tête;
Et pour prix du repos que vous m'aurez rendu,
Vivez, régnez heureux; je n'aurai rien perdu.

IRCILE et NÉADE.

O prodige inoui de l'amour le plus tendre !
L'efpérance renaît dans mon cœur éperdu.

SCENE III.

OSMIDE, ASTOR, DIRCÉ.

ASTOR à DIRCÉ.

Viens, fuis-moi, le tems presse.

DIRCÉ.

Hélas! daignez m'entendre.

OSMIDE à ASTOR.

Quel danger, quel effroi précipite vos pas ?

ASTOR.

Laissez-nous, Prince : & toi, fuis-moi, sans plus at-
tendre,

Sur les mers, en Scythie, aux plus lointains climats.

DIRCE.

AIR.

Ciel ! où vais-je ? ah, mon pere !
Il faut donc tout quitter.
Quelle rive étrangere
Allons-nous habiter?
Osons lui révéler
Ce terrible mystere.
Mon pere ! ô dieux ! mon pere !
Je ne puis lui parler.

Le ciel, le Roi peut-être
Se laiſſera toucher.
Laiſſez-moi me cacher.
Des lieux qui m'ont vu naître
Je ne puis m'arracher.

O S M I D E.

Aſtor, raſſurez-vous : le Roi, dans ſa colere,
Sans vouloir vous punir vous aura menacé.

A S T O R.

Mon audace a dû lui déplaire :
Je ſuis coupable, je le ſai ;
Mais ma fille du moins ne l'a point offenſé.
A la voir immoler quelle rage l'anime ?

O S M I D E (avec horreur.)

Il veut qu'on immole Dircé !

A S T O R.

Oui, dans l'aveugle ardeur d'un courroux inſenſé ,
Sans conſulter le ſort , il choiſit la victime ,
Et veut que ſon ſang ſoit verſé.

O S M I D E (avec horreur.)

Son ſang ! à l'autel ! Non, j'oſe vous en répondre.
Je me déclare ſon appui.

ASTOR.

Et que peut fon fils contre lui ?
D'un feul mot, d'un regard, il fauroit vous con-
  fondre.
Pour la fauver, la fuite eft mon unique efpoir.

OSMIDE.

Dieux ! la fuite ! en quel lieu ? puis-je au moins le
  favoir ?

ASTOR.

Au-delà de l'Hebre & du Phafe,
Dans les cavernes du Caucafe,
Et le plus loin des bords où s'étend fon pouvoir.
Mais fi vous plaignez l'innocence ;
Tandis que je vais m'occuper
Du prompt moyen de m'échapper,
Soyez un moment fa défenfe.

SCEN

SCENE IV.

OSMIDE, DIRCÉ.

OSMIDE.

Quoi ! les mers vont nous féparer !

DIRCÉ.

Ton pere ordonne que je meure.

OSMIDE.

Non, Dircé, voici l'heure
De lui tout déclarer.

DIRCÉ.

Ah ! d'une colere implacable
Tu vas redoubler le tranfport.
Que ne feroit-il point s'il me favoit coupable ?
Il me croit innocente, & me livre à la mort.

DUO.

Cédons au malheur qui m'opprime :
Le ciel nous rendra fon appui.
Non, non, ce n'eft pas devant lui
Qu'un fi faint amour eft un crime.

E

OSMIDE.

Innocente & douce victime,
Oui, le ciel te doit son appui.
Hélas! sur quel immense abîme
Notre amour t'expose aujourd'hui!

ENSEMBLE.

Le ciel nous rendra son appui;
J'en crois cet espoir qui m'anime.
Non, non, ce n'est pas devant lui
Qu'un si saint amour est un crime.
Le ciel nous rendra son appui.

OSMIDE.

Mais que de pleurs, mais que d'alarmes
Nous aura coûté notre amour!

DIRCÉ.

Pense donc au prix de nos larmes;
Notre cher enfant voit le jour.

ENSEMBLE.

Ah! quel prix plus doux de nos larmes
Pouvoit nous accorder l'amour!

OSMIDE.

En quelque lieu qu'elle respire,
Dircé ne vivra que pour moi.

DIRCÉ.

Oui pour jamais il eſt à toi,
Ce cœur malheureux qu'on déchire.

EMSEMBLE.

Soit que je vive, ou que j'expire,
Oui, pour jamais il eſt à toi,
Ce cœur malheureux qu'on déchire,
Oui, pour jamais il eſt à toi.

DIRCÉ.

Je te laiſſe mon fils ; c'eſt pour lui que je tremble.
Avant que le ciel nous raſſemble,
Que de pleurs, loin de lui, n'ai-je pas à verſer!

OSMIDE.

Non, bientôt, après toi, nous paſſerons enſemble
Les mers que tu vas traverſer.

SCENE V.

ASTOR, LES PRÉCÉDENS.

ASTOR.

VIENS, ma fille, un vaisseau nous attend. Qui
t'arrête ?

DIRCÉ, tremblante, & d'une voix entrecoupée.
Allons, mon pere, allons.

OSMIDE.

Rendez-vous à Lemnos.
Là, fut-ce au péril de ma tête,
Je vous assure un plein repos.

SCENE VI.

ADRASTE, *troupe de Gardes*, les PRÉCÉDENS.

ADRASTE.

GARDES, qu'on la saisisse.

OSMIDE.

Elle ! ô dieux !

ADRASTE.

Elle même.

OSMIDE, ASTOR, DIRCÉ.

Cruels !

ADRASTE.

Telle eft du Roi la volonté fuprême,
Prince ; elle eft pour vous une loi.
Ne la rendez pas plus févère ;
Et n'irritez pas votre pere ,
En méconnoiffant votre Roi.

(On enlève DIRCÉ.)

ASTOR.

O vengeance ! ô fureur !

DIRCÉ.

O dieux ! fecourez-moi.

SCENE VII.

O S M I D E seul.

A i r.

AH ! mon défefpoir m'épouvante.
Je ne vois plus rien de facré :
D'un tigre de fang altéré,
La rage n'eft pas plus ardente.
Ah ! mon défefpoir , &c.
Je fuis fur le bord de l'abîme.
Encore un pas, i'y vais tomber.
Le fort m'entraîne dans le crime ;
Et je fuis prêt à fuccomber.

Préparez-vous, noires Furies ;
Irritez vos ferpens , allumez vos flambeaux.
O ma femme ! ô mon fils ! ô victimes chéries !
Vous n'irez pas fans moi dans la nuit des tombeaux.
Ah ! mon défefpoir , &c.

FIN DU SECOND ACTE.

ACTE TROISIEME.

Le Théâtre repréfente le Veftibule du Palais de Démophoon.

SCENE PREMIERE.

DÉMOPHOON, OSMIDE.

OSMIDE, fuivant Démophoon.

MON pere, écoutez-moi.

DÉMOPHOON.

Non, ceffez de prétendre
Que parde vains refpects je me laiffe éblouir.
Je faurai me faire obéir ;
Et ce n'eft qu'à l'autel que je puis vous entendre.

OSMIDE.

A l'autel, où le fang va couler à mes yeux !

A l'autel, d'où les cris d'un pere misérable
Vont s'élever jusques aux cieux !

DÉMOPHOON.

Que m'importe les cris & le sang d'un coupable ?

OSMIDE.

Sa fille est innocente.

DÉMOPHOON.

Elle est sa fille.

OSMIDE.

O dieux !
Et sans être ému de ses plaintes,
A la fleur de ses ans, vous pourriez consentir
A voir son sang couler, ses yeux s'appésantir,
Tous ses sens se glacer, & ses levres éteintes
Exhaler son dernier soupir !

DEMOPHOON.

Et d'où vous vient pour elle une pitié si tendre ?
Je veux bien l'ignorer & ne pas vous entendre.
Éloignez-vous, jeune insensé.

OSMIDE.

Non, à vos genoux que j'embrasse,
Je meurs ; si je n'obtiens la grace
De la malheureuse Dircé.

Mon

Mon pere, au nom de la victoire
Qui vient d'honorer mes travaux ;
Au nom des triomphes nouveaux
Où m'appelle encor votre gloire ;
A votre exemple, & fur vos pas,
Si par quelque valeur je me fuis fait connoître ;
O mon pere ! n'oubliez pas
Qu'Aftor fut mon guide & mon maître.

A I R.

Pour prix du fang qu'il a verfé,
Rendez une fille à fes larmes.
Rendez au pere de Dircé
Un bien pour lui fi plein de charmes.
Rendez une fille à fes larmes,
Pour prix du fang qu'il a verfé.
Vingt fois, au milieu des alarmes,
L'Hebre & le Phafe épouvantés
L'ont vu combattre à mes côtés.
Vingt fois, au milieu des alarmes,
J'ai vu fes bras enfanglantés
Me faire un rempart de fes armes.
Pour prix du fang, &c.

DEMOPHOON.

Laiffe-là ces détours. C'eft fa fille, oui, c'eft elle

F

Qui caufe ta crainte mortelle.
Ofe dire , *je l'aime.*

OSMIDE.

Eh bien , fi je l'aimois !

DÉMOPHOON.

A I R.

Si tu l'aimois ! ah ! téméraire !
Ce coupable aveu , qui m'éclaire ,
Va vous féparer à jamais.
Non, de l'indulgence d'un pere
N'efpere plus rien déformais.
C'étoit donc là cette rivale
Qu'Ireile trouvoit dans ma Cour ?
Voilà fon crime ; & ton amour,
Ce fol amour qui te ravale,
La rend feul indigne du jour.

OSMIDE (*avec un défefpoir concentré.*)

Elle va donc mourir !

SCENE II.

IRCILE, DÉMOPHOON, OSMIDE.

IRCILE.

Seigneur, faites lui grace.
Ce n'eſt pas lui, c'eſt moi qui m'oppoſe à vos vœux.
Je veux partir, je dois m'éloigner de la Thrace,
Où je ferois des malheureux.

DÉMOPHOON.

Non, Princeſſe : à l'autel ſon frere le remplace.

IRCILE.

Son frere !

DÉMOPHOON.

Et pour vous mériter,
Au rang qui vous eſt dû c'eſt lui qui me ſuccede ;
C'eſt lui qui de mon trône aura droit d'hériter.

OSMIDE (vivement.)

Eh bien, Seigneur, je le lui cede.

F ij

SCENE III.

NÉADE, les Précédens.

OSMIDE.

Oui, qu'il regne après vous. Je lui donne ma foi
De laiſſer vos Etats ſe ranger ſous ſa loi.
J'en atteſte les dieux , & mon pere.

DÉMOPHOON.

Ah, parjure !
Avec de vains ſermens penſes-tu me fléchir ?
C'eſt du joug paternel que tu veux t'affranchir ;
Et ce n'eſt-là pour moi qu'une nouvelle injure.
Va , j'ai trop à rougir de ton égarement.
Laiſſe-moi.

OSMIDE (*conſterné.*)

C'eſt donc vainement
Qu'un fils malheureux vous implore ?

DÉMOPHOON.

Laiſſe-moi.

OSMIDE.

Venez donc, venez le voir couler,

Ce sang dont la soif vous dévore ;
Et si pour l'assouvir il en faut plus encore,
Venez voir à ce sang tout le mien se mêler.

(*Il sort*)

S C E N E IV.

DEMOPHOON, IRCILÉ, NÉADE.

D É M O P H O O N.

TROP coupable Dircé, c'est donc toi qu'il adore !
C'est toi qu'il vouloit couronner !

N É A D E.

Ah, mon père !

I R C I L E.

Ah, Seigneur !

E N S E M B L E.

Qu'allez-vous ordonner ?

N É A D E.

Vous l'allez voir au temple
De douleur accablé.

D É M O P H O O N.

L'insensé ! quel exemple,

Pour un peuple assemblé !

IRCILE.

Vous l'allez voir peut-être
S'élancer vers l'autel.

DEMOPHOON.

Il tomberoit, le traître,
Sous le couteau mortel.

NÉADE ET IRCILE.

Hélas ! vous êtes pere.

DEMOPHOON.

Je suis juste & févere,
Et je suis offensé.

IRCILE ET NÉADE.

Sa gloire vous fut chere.

DEMOPHOON.

Il la perd, l'insensé.

IRCILE, NÉADE.

Avec moins de colere
Daignez voir le passé.

DEMOPHOON.

Je suis juste & févere,
Et je suis offensé.
A l'empire où je l'appelle,

Pour la fille d'un rebelle,
Il renonce sans retour!
Vas donc périr avec elle,
Vil esclave de l'amour.

IRCILE.

A son pere il est fidele.

DEMOPHOON.

Non.

NÉADE.

Que son Roi le rappelle.

DEMOPHOON.

Non.

IRCILE ET NÉADE.

Dans une ame si belle
La nature aura son tour.
Il vous aime.

DEMOPHOON.

Il n'est fidele
Qu'à l'objet d'un fol amour.

IRCILE ET NEADE.

Et s'il veut mourir pour elle,
Vous l'aurez privé du jour!

DEMOPHOON.

Il renonce à tout pour elle;
Il eſt indigne du jour.

NEADE ET IRCILE.

Que ſon pere le rappelle;
La nature aura ſon tour.

DEMOPHOON.

Il renonce à tout pour elle;
Je l'abandonne à mon tour.

(*Il ſort.*)

SCENE V.

NÉADE, IRCILE.

NEADE.

Tous deux, enflammés de colere,
Ils vont le voir au temple. Appaiſe-les, grand dieu!

IRCILE.

N'abandonnez pas votre frere.
J'attends la victime en ce lieu.

SCENE

SCENE VI.

IRCILE, DIRCÉ, Prêtresses d'Apollon, Gardes.

(*Sur une marche d'un caractere religieux, Dircé, vêtue & parée en victime, environnée de Gardes, & accompagnée d'une troupe de Prêtresses, traverse le vestibule du Palais pour aller au Temple.*)

IRCILE (*au cortege.*)

UN moment. A l'autel avant qu'on ne la mene,
Je veux lui parler sans témoins.

(*Les Gardes & les Prêtresses se retirent au fond du Théâtre.*)

DIRCÉ.

Digne fille des Rois, je puis donc croire au moins
Qu'une belle ame encore est sensible à ma peine?

IRCILE.

Voici l'instant de recourir
A l'unique espoir qui vous reste.

DIRCÉ.

Hélas! il me reste à mourir.

G

IRCILE.

Je viens de voir le Roi plein d'un trouble funeste :
Et j'espere encor l'attendrir.

DIRCÉ.

Comment ?

IRCILE.

De vos secrets je suis dépositaire ;
Laissez-moi les lui découvrir.

DIRCÉ.

Non, je dois mourir & me taire.
Mes secrets ne sont point à moi.
Mais puisqu'en vous le ciel a mis un cœur sensible,
Rassurez-moi, s'il est possible,
Sur les malheurs que je prévoi.
Osmide ?...

IRCILE.

Il nous remplit de douleur & d'effroi.

DIRCÉ (vivement.)

Ah ! ne pensez qu'à lui. Ramenez-le à son pere.

IRCILE.

Laissez-moi vous sauver.

DIRCÉ.

Vos efforts seroient vains.
Mais souffrez qu'en mourant je laisse dans vos mains
Ce qu'a de plus cher une mere.

Si mes fecrets vous font connus,
Vous favez quels liens m'attachoient à la vie.
A ce foible orphelin une mere eft ravie ;
  Dans un moment elle n'eft plus.

A I R.

Au nom facré de l'innocence,
Soyez après moi fa défenfe ;
Soyez fa mere en le fauvant ;
Et qu'il adore, en s'élevant,
L'augufte appui de fon enfance.
Au nom facré de l'innocence,
Soyez après moi fa défenfe ;
Soyez fa mere en le fauvant.

U N E PRÉTRESSE.

Victime fainte, voici l'heure ;
Et dans le temple on vous attend.

DIRCÉ.

Vous l'entendez: voici l'inftant.

IRCILE.

Malheureufe !

DIRCÉ.

    Il faut que je meure.
       G ij

IRCILE.

Non! c'eft un crime horrible.

DIRCÉ (à part.)

Adieu, vous que je pleure,
Pere, époux, & toi, foible enfant.

(à IRCILE.)

Au nom facré de l'innocence,
Soyez après moi fa défenfe, &c.

SCENE VII.

(*Le Théâtre change & repréfente l'intérieur du
Temple d'Apollon. Dans le fond la ftatue du
Dieu; & plus avant l'autel & tout l'appareil
du facrifice.*)

CHŒUR de Prêtres.

LE plus beau fang, fi le ciel le demande,
Sur les autels doit couler par nos mains.
Adorez & tremblez, périffables humains,
Lorfque c'eft un Dieu qui commande.
Adorez & tremblez, périffables humains.

SCENE VIII.

DIRCÉ, *amenée par les Prêtreſſes & les Précédens.*

CHŒUR *doux.*

Victime pure,
Subis ſans murmure
Ton ſort glorieux.
D'un Dieu ſévere
Fléchis la colere,
Soit chere à ſes yeux.
Victime pure,
Fais à la nature
D'éternels adieux.

(*Pendant le Chœur Dircé eſt debout aux marches de l'autel, ſoutenue par deux Prêtreſſes ; & le Sacrificateur, le couteau levé ſur elle, va la frapper.*)

SCENE IX.

OSMIDE, ASTOR, *troupe de Soldats & les Précédens.*

OSMIDE.

ARrête, impie, arrête! & change de victime.

(*Il arrache Dircé de l'autel. Elle va tomber évanouie dans les bras d'Astor.*)

LYGDAME.

Prêtres, c'est votre Dieu que l'on ose outrager.

(*Les Prêtres font un mouvement pour se saisir de Dircé.*)

OSMIDE (*aux Prêtres, l'epée à la main.*)

Cruels! dans votre sang cet autel va nager.
Gardez-vous d'irriter la fureur qui m'anime.

SCENE X.

(*Le Temple se remplit de Soldats.*)

OSMIDE.

Vous, soldats, respectez votre chef qu'on opprime;
Ou je perce le cœur à qui m'ose approcher.

SCENE XI.

DEMOPHOON & *les Précédens.*

DÉMOPHOON (*perçant la foule des Soldats.*)

SACRILEGE! à l'autel tu la viens arracher !
Acheve. A ta fureur il manque un nouveau crime.
Frappe. Voilà mon sein. Hâte-toi de trancher
    Ces jours que ta rage m'envie.
Baigne-toi dans mon sang.

      OSMIDE, *jettant son épée.*

            Eh bien, prenez ma vie ;

(*Montrant Dircé.*)
Et pour elle & pour moi qu'on éleve un bûcher.

      DEMOPHOON.

Eloigne-toi. Renonce à ton indigne flamme.
(*aux Prêtres.*)
Vous, qu'elle meure.

      OSMIDE.

    Elle est ...

      DEMOPHOON.

      Frappez.

      OSMIDE.

          Elle est ma femme ;

Et j'ai de notre amour un gage folemnel.

DEMOPHOON.

Qu'ofes-tu déclarer ?

OSMIDE.

Que je fuis criminel.

Envoyez votre fils & fa femme au fupplice.
Mais de leur mort le ciel ne fera point complice;
Et je laiffe un vengeur dans le fein paternel.

(*Ircile & Néade amenent l'enfant de Dircé aux*
pieds de Démophoon.)

SCENE DERNIERE.

IRCILE, NÉADE, *l'enfant de* DIRCÉ, *les*
Précédens.

OSMIDE.

Viens, malheureux enfant, viens derniere victime.

DIRCÉ.

Ah ! je revois mon fils, & mon cœur fe ranime.

Elle court à fon Enfant, l'embraffe, & tombe
avec Ofmide aux pieds de Démophoon.

DIRCÉ & OSMIDE.

DUO.

Ils font à vos pieds profternés ,

Ces

Ces trois objets de votre haine.
Ils mourront, fi vous l'ordonnez.
Leurs bras n'attendent qu'une chaîne.
De la terre & du ciel ils font abandonnés.

IRCILE ET NÉADE.

Cédez, grand Roi, cédez ; la nature l'emporte.

IRCILE, NÉADE, LE CHŒUR.

Cédez, grand Roi, cédez; la nature l'emporte ;
Ne réfiftez pas à fa voix.

DIRCÉ.

Je vois couler des pleurs !

OSMIDE.

La nature l'emporte ;

OSMIDE, DIRCÉ.

Oui dans le cœur d'un pere elle reprend fes droits.

NÉADE, IRCILE.

Cédez, grand Roi, cédez.

CHŒUR.

Cédez, grand Roi, cédez; la nature l'emp(
Ne réfiftez pas à fa voix.

DÉMOPHOON.

Oui, la nature eft la plus forte,
Je fens que tout cede à fes loix.

H

GRAND CHŒUR.

L'oracle eſt accompli ;
Apollon nous pardonne.
Divin fils de Latone,
Notre eſpoir eſt rempli.
A ſes autels que tout s'uniſſe ,
Pour célébrer un ſi beau jour ;
Et que ce temple retentiſſe
De chants d'allégreſſe & d'amour.

Le Spectacle ſe termine par une Fête.

APPROBATION.

J'AI lu par ordre de Monſeigneur le Garde-des-Sceaux, *l'Opéra de DÉMOPHOON*, & je n'y ai rien trouvé qui m'ait paru devoir en empêcher l'impreſſion. A Paris, ce 24 Novembre 1788.

BRET.

www.ingramcontent.com/pod-product-compliance
Lightning Source LLC
Chambersburg PA
CBHW060808250626
47162CB00005B/1708